Der Bücherbär

Bunte LeseHits

Dieses Buch gehört:

Lena

Dreher

Nina Schindler
lebt mit Mann und fünf Kindern in Bremen. Sie war viele Jahre lang als Lehrerin und Literaturkritikerin tätig. Heute schreibt und übersetzt sie sehr erfolgreich Bücher für Kinder, Jugendliche und Erwachsene.

Betina Gotzen-Beek
hat Grafik-Design studiert und schon mit vielen Malern in ihren Ateliers zusammengearbeitet. Seit 1996 illustriert sie Kinderbücher für verschiedene Verlage.

Nina Schindler

Abenteuergeschichten mit Freda

Mit farbigen Bildern
von Betina Gotzen-Beek

EDITION BÜCHERBÄR

In neuer Rechtschreibung

1. Auflage 2004

Einband und Innenillustrationen von Betina Gotzen-Beek

Gesamtherstellung: Westermann Druck Zwickau GmbH
ISBN 3-401-08655-3

Inhalt

Geisterstunde

Freda und Karen haben sich etwas Tolles ausgedacht. Weil die Sommernächte so warm sind, wollen sie in Karens neuem Zelt im Garten schlafen.

»Das wird bestimmt super!« Karen freut sich. »Und wenn ich im Dunkeln Angst kriege, kuschle ich mich an dich und schlafe einfach weiter.«

»Besser, du knipst die Taschenlampe an«, sagt Freda. »Dann weißt du genau, dass du dich vor nix gruseln musst.«

»Und die Trillerpfeife nehme ich auch mit, damit wir ganz laut trillern können, wenn wir Hilfe brauchen.«

»Wozu brauchen wir denn Hilfe?«, fragt Freda

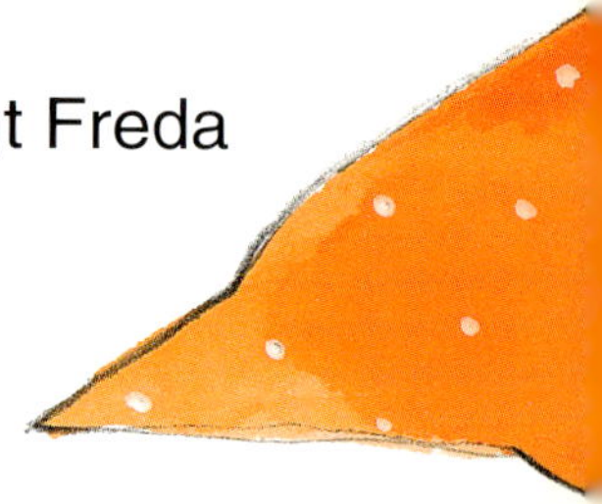

genervt. »Meinst du, es kommt einer und will dich klauen?«

»Nee, eigentlich nicht.« Karen schneidet eine Grimasse. »Aber meine Oma sagt immer: Sicher ist sicher. Ich nehme die Trillerpfeife doch lieber mit.«

»Na gut.« Freda ist in Gedanken mit einem anderen Thema beschäftigt. »Und was nehmen wir zu essen mit?«

»Zu essen?« Karen staunt. »Aber wir essen doch noch Abendbrot, danach brauchen wir nichts mehr.«

»Denkst duuu! Wenn ich etwas spannend finde, muss ich was futtern!«, sagt Freda energisch. »So eine Nacht im Zelt ist doch echt spannend. Da brauche ich mindestens eine Tüte Chips.«

»Bäh, Chips!« Karen schüttelt sich. »Die sind immer so eklig salzig. Weißt du, was? Wir nehmen Studentenfutter mit, Nüsse und Rosinen und so 'n Zeug.«

»Hm.« Freda hätte Chips besser gefunden, aber es ist schließlich Karens Zelt und der Garten von Karens Eltern. Da will sie mal nicht so sein. Vielleicht ist dieses Studentenfutter ja ganz lecker.

Am Nachmittag bauen sie zusammen mit Karens Mama das Zelt auf. Es sieht aus wie ein kleines Plastikiglu. Der Aufbau geht ziemlich schnell, wenn man kapiert hat, in welcher Reihenfolge man was tun muss.
Ganz stolz stehen Freda und Karen vor ihrem Zelt.
»Jetzt müssen wir nur noch die Isomatten und die Schlafsäcke reinlegen.« Karen ist ganz aufgeregt. »Mensch, das wird toll!«
Ganz fix essen die beiden abends ihre belegten Brote, putzen in Windeseile ihre Zähne und verschwinden mit einer Tüte voll Studentenfutter ins Zelt. Freda hat zur Sicherheit ihren Waschbären Balthasar mitgebracht, und Karen legt ihren Schmuseeisbären neben ihr Kopfkissen. Das Ausziehen ist schwierig, weil sie nicht richtig stehen können. Und sie müssen furchtbar kichern, als Freda beim Schlafanzug-Anziehen umfällt. Dann krabbeln sie in ihre Schlafsäcke und knipsen die Taschenlampen an, weil es im Zelt schon

ziemlich duster ist. Beide lesen noch ein bisschen, dann gähnt Karen und sagt: »Gute Nacht!« Sie rollt sich zusammen, und schon kurz darauf hört Freda leise Schnorchelgeräusche: Karen schläft.
Freda ist noch gar nicht müde. Ihr Buch ist wahnsinnig spannend. Es heißt »Die rote Zora« und handelt von einer Kinderbande, die allein in einer Burgruine wohnt, ganz ohne Erwachsene. Da würde Freda auch gern mitmachen, das wäre supertoll! Sie mümmelt

trotz geputzter Zähne von den Nüssen und Rosinen. Eigentlich schmecken die gar nicht so schlecht. Aber plötzlich ist sie müde. Sie stellt die Schüssel mit dem Knabberzeug vors Zelt, damit sie die nicht aus Versehen im Schlaf umschmeißt. Dann nimmt sie Balthasar in den Arm und – zack! – ist Freda eingeschlafen.
Stunden später schreckt sie hoch.
Hat da jemand geflüstert? Da war irgendein Geräusch . . .

Sie lauscht, während ihr Herz wie verrückt bummert.
Was war das?
Vielleicht Schritte?
Draußen ist es nicht mehr stockdunkel, sondern so ein seltsames Dämmerlicht. Man kann Umrisse sehen, aber nicht viel mehr. Bestimmt ist es noch ganz, ganz früh am Morgen.
Freda liegt stocksteif in ihrem Schlafsack und wagt sich nicht zu rühren. Wieder so ein seltsames Rischel-Raschel und dann ein

Knacken – als ob ein Menschenfresser Knochen zerbeißt.
Jetzt kriegt sie eine Mordsangst!
Ganz vorsichtig tastet ihre Hand nach der Taschenlampe. Aber wenn da wirklich irgendein Verbrecher vor dem Zelt lauert, will sie dem ja nicht auch noch Licht machen!
Ob sie Karen wecken soll? Die könnte laut auf ihrer Trillerpfeife Hilfe herbeitrillern. Aber es würde bestimmt einige Zeit dauern, bis Karens Eltern hier wären.

Da! Wieder so ein seltsames Knacken. Ganz dicht vor dem Zelt!
Ob der Unbekannte da draußen ein kaputtes Gebiss hat und deshalb immer so seltsame Beißgeräusche von sich gibt?
Bei dieser Vorstellung möchte Freda am liebsten loskichern, aber die Angst ist stärker. Doch jetzt ist sie auch neugierig. Was ist da draußen los?
Lautlos rutscht sie aus ihrem Schlafsack und kriecht auf Händen und Knien zum Zelteingang.
Vorsichtig – ganz vorsichtig hebt sie die kleine Fensterklappe am Eingang und schaut hinaus.
Alles ist dunkel, aber nicht rabenschwarz dunkel, sondern eher grau dunkel.
Nein, doch nicht! Fredas Augen haben sich inzwischen an das Dämmerlicht gewöhnt und sie sieht nun, wer diese Geräusche macht.
Ein Eichhörnchen!
Es sitzt vor der Schüssel mit dem Studentenfutter und knabbert, was das Zeug hält! Ganz zierlich greift es nach einer Nuss und steckt sie sich in den Mund. Dann noch eine,

dann knackt es und schon wieder schiebt es eine Nuss nach.
Freda kriecht ganz lautlos zurück, beugt sich über Karen, hält ihr den Mund zu und flüstert ganz leise: »Wach auf, aber sag nix! Keine Angst, es ist was Schönes!«
Karen reißt die Augen so weit auf, als ob sie ein Gespenst sehen würde, und zappelt.
»Ganz ruhig«, flüstert Freda kaum hörbar.
»Dann zeige ich dir was!«
Sie nimmt die Hand von Karens Mund und kriecht wieder ganz leise zum Zeltausgang. Dort hebt sie die Klappe hoch und winkt Karen, dass sie kommen soll.
Das Eichhörnchen ist noch immer bei seinem Schlemmermahl: Nuss für Nuss schiebt es graziös ins Mäulchen.
»Och, wie niedlich!«, entfährt es Karen und – schwuppdiwupp! – ist das Eichhörnchen mit einem Satz zum nächsten Baum gesprungen, rast am Stamm hoch, und verschwindet im dichten Laub.

»Schade.« Freda seufzt. »Das war so süß, da hätte ich gern noch weiter zugeschaut.«
»Jaaaa.« Karen gähnt. »Da hatte das Eichhörnchen aber Glück, dass wir keine Chips dabeihatten. Die hätte es bestimmt nicht gemocht.«
»Stimmt. Uaaahhh!« Freda wird von Karens Gähnen angesteckt und reißt den Mund ganz weit auf. »Dann nehmen wir morgen Abend eben wieder dieses Futter mit. Jetzt weiß es ja Bescheid.«

Unterirdische Abenteuer

»Ferien sind oberaffengeil!«, schreit Freda und umarmt Kolja, der gerade die Wohnung betreten hat. Fredas großer Bruder studiert in Freiburg. Doch in den Semesterferien wohnt er nun für ein paar Wochen wieder zu Hause, und das findet Freda einfach megaspitze.

Und außerdem kommt auch noch ihr Cousin Markus, der Spinnefix, zu Besuch, weil seine Eltern sich allein Paris ansehen wollen. Da wird es ein bisschen knapp mit dem Platz in der Wohnung. Aber das macht nichts, denn bestimmt kann man zu dritt eine Menge unternehmen: ins Schwimmbad gehen, mit den Inlineskates um den Werdersee rollern oder einen Stadtbummel machen.

Markus ist kaum zur Tür hereingekommen, da überschüttet Freda ihn auch schon mit ihren Vorschlägen.
»Manno«, sagt er beeindruckt. »Du hast aber viel vor!«
Doch am nächsten Tag regnet es Bindfäden und am übernächsten Tag auch. Freda hockt total enttäuscht im Wohnzimmer und ärgert sich schwarz. Da hat sie endlich mal zwei Begleiter und dann können sie nicht raus! Wer will sich schon beim Skaten nass regnen lassen?

Sie seufzt.
Kolja schaut von seinem Buch hoch. »Na, Schwesterchen? Bist du immer noch sauer auf das Wetter?«
»Mmmm.« Freda ist mehr als sauer. Sie ist stinksauer.
»Warum machst du nicht die Glotze an?«, fragt Markus, der mit seinen Legomonstern spielt.
Freda hat sich überlegt, ob sie ihre Ritterkiste holen soll, aber vor lauter Säuernis hat sie es dann gelassen.

»Fernsehen ist manchmal so langweilig, echt ätzend«, sagt sie. Und mit einem Seitenblick auf Markus: »Legomonster auch.«
»Das finde ich überhaupt nicht!« Kolja klappt sein Buch zu. »Ich stecke gerade in einem Wahnsinns-Monsterabenteuer und mach mir vor Aufregung gleich in die Hosen.«
Freda muss lachen. Der große Kolja ein Hosenpinkler? Bestimmt nicht.
»Steht das in deinem Buch?«, fragt sie.
»Klar. Wenn ihr wollt, können wir ja das Abenteuer zusammen bestehen.«
»Hä?« Freda sieht ihren großen Bruder verdattert an. Was meint er damit?

Kolja erklärt es. »Wir müssen uns jeder Figuren ausdenken. Danach erzähle ich euch den Anfang einer Geschichte und dann spinnen wir diese Geschichte mit unseren Figuren weiter. Wollt ihr?«
»Klar«, ruft Markus begeistert. Der findet alles mit Monstern toll.

»Ich will aber kein Monster sein«, mault Freda. »Brauchst du auch nicht«, sagt Kolja. »Wir sind diejenigen, die die Monster schachmatt setzen sollen: Krieger, Zwerge, Magier oder so. Für dich wäre natürlich Zauberin am besten, weil du dann über magische Kräfte verfügst.«

»Echt?« Freda möchte unbedingt mal magische Kräfte haben.»Okay, ich bin Zauberin. Ich heiße . . . äh . . . Merlina.« Sie hat sich daran erinnert, dass Mama ihr früher mal die Geschichte von König Artus und dem Zauberer Merlin vorgelesen hat.

»Und ich bin ein Krieger und heiße Conan«, kräht Marcus.

»Ich bin der Stärkste im ganzen Land . . .«

»Moment mal, so schnell geht das nicht. Das müssen wir auswürfeln.« Kolja geht in sein Zimmer.

Als er zurückkommt, hat er Papier, Stifte und seltsame Würfel dabei. Die haben nicht sechs, sondern acht, zwölf oder wer weiß wie viele Seiten. Damit würfeln sie jetzt ihre Eigenschaften aus.

Markus ist zwar ein Krieger, aber leider ist seine Punktzahl beim Kraft-Auswürfeln ziemlich niedrig. Doch dafür hat er ganz viel Klugheit.

Freda hat riesige magische Kräfte, aber ihre Zauberin bekommt auch ein paar doofe

Eigenschaften: Sie kann nicht gut heilen und manchmal lügt sie.
Kolja ist ein Zwerg mit Riesenkräften und viel handwerklichem Können.
Dann geht die Geschichte los: Die drei sollen eine goldene Sichel wieder herbeischaffen, die von bösen Trollen gestohlen worden ist.
Dazu müssen sie tief in die Erde klettern, denn die Trolle hausen ganz unten in einem alten Bergwerksstollen. Doch der Weg dorthin ist voller Fallen: Da zischen vergiftete Pfeile, man

stürzt in gut getarnte Verliese oder wird von einem Werwolf angefallen.
Freda und Markus müssen sich immer wieder neue Tricks einfallen lassen, um diese Hindernisse zu überwinden. Aber glücklicherweise finden sie unterwegs auch Waffen, Goldstücke und Zaubertränke. Und als Krieger Conan im Kampf mit einem Höhlenmonster schwer verletzt liegen bleibt, kann Freda ihn mit einem Kräuterelixier wieder hochpäppeln.

Kolja erzählt weiter: »Riesige Spinnenheere kreuzen nun euren Weg und wollen euch mal eben so als Imbiss verspeisen.«
Aber Freda hat für Spinnen ohnehin nichts übrig und verzaubert sie alle in Kieselsteine.
Inzwischen hat sie ihre Zauberkraft fast eingebüßt. Deshalb ist es sehr günstig, dass sie auf ihrer gefahrvollen Wanderung einem anderen Zauberer begegnet, der Freda gegen fünf Goldstücke neue magische Kräfte und ein tolles Stärkungsmittel verkauft.
Mit roten Backen und ganz atemlos vor Spannung, hört Freda Kolja weiter zu. Nach Kämpfen mit ekelhaften Riesenasseln und Fledermaustigern müssen sie sich auch noch mit diebischen Gnomen rumzanken, die ihnen die Goldstücke stehlen wollen.
Als Koljas Zwerg für kurze Zeit von einem feindlichen Zauberer in eine Kröte verwandelt wird, hat Merlina genug magische Kräfte, um das rückgängig zu machen. Schließlich erreichen die drei das Versteck der Goldenen

Sichel. Es gelingt ihnen nach dem Kampf mit den Wächtern und dem Unschädlichmachen eines Fluchs, das kostbare Stück an sich zu bringen und wieder nach Hause zu finden. Das geht dann allerdings schneller als die Hinreise. Denn Kolja hat eine Abkürzung gefunden, auf der ihnen zur Abwechslung mal kaum jemand auflauert – nur so ein tatteriges, altes Knochengerüst, das der Zwerg im Handumdrehen erledigt.
Fast sind sie schon am Ziel, als der hundsgemeine Riese Kröck ihnen den Weg

versperrt und die Herausgabe der Goldenen Sichel verlangt. Da der böse Kröck leider ziemlich viele Trolle als Gefolge mit sich führt, können sie nicht offen gegen ihn kämpfen. Merlina verzaubert ihn kurzerhand in eine Stinkmorchel und seine Vasallen in Fliegenpilze. Dann können die drei Abenteurer endlich die Sichel an ihren Platz legen, wo der kluge Druide Miraculix sie dann finden wird, wenn er für Asterix und Obelix den nächsten Zaubertrank braut.
»Manno, das war toll«, seufzt Freda andächtig und schnipst gegen einen dieser seltsamen Würfel, mit denen sie während des Spiels immer wieder ihre Stärke, Zauberkraft und ihren Reichtum ausgewürfelt haben. »Aber jeden Tag könnte ich das nicht durchstehen. Abenteuer sind ganz schön anstrengend.«
»Ja.« Markus blinzelt ihr zu. »Aber wenigstens sitzen wir im Trockenen. Das ist doch ganz nett.«

Der Überfall

»Uaaahhh!«
Freda schreckt hoch. Hat da nicht jemand geschrien?
Aber wer ist jetzt noch wach? Vielleicht Weiße Eule? Der hatte doch heute Lagerwache.
Rasch kriecht sie unter der Büffeldecke hervor und krabbelt zum Zeltausgang. Doch bei den anderen Zelten bleibt es still. Hat denn niemand außer ihr den Schrei gehört? Im schwachen Licht des Neumonds sieht Freda die Umrisse der Tipis und der Gestelle, an denen die Frauen das Büffelfleisch trocknen. Aber sonst regt sich nichts.
Dann ertönt ein erstickter Ruf, drüben bei den Pferden scheint es einen Kampf zu geben.

Blitzschnell greift Freda hinter sich und holt ihren Köcher mit den Pfeilen und greift sich den Bogen. Ihr Bruder Kleiner Läufer wird jetzt auch wach und fragt erstaunt: »Wo willst du hin?«
»Zu den Pferden«, sagt Freda. »Wahrscheinlich wollen die Pani wieder unsere Pferde klauen.«
»Ich komme mit«, ruft Kleiner Läufer Freda hinterher. Aber das hört sie nur mit einem halben Ohr. Denn sie hat eben gesehen, wie Junger Biber aus dem Nachbarzelt huschte und

in Richtung Pferdekoppel davonschlich. Da gibt es für sie kein Halten mehr.
»Auf gar keinen Fall, du bleibst hier!«, befiehlt sie ihrem Bruder und der legt sich brav wieder hin.
Lautlos folgt sie Junger Biber zu dem kleinen Gehölz, den Bogen und den Köcher griffbereit umgehängt. Unhörbar wie Schatten gleiten die beiden durch das Unterholz, denn schon als winziges Indianerkind hat Freda gelernt sich völlig geräuschlos zu bewegen.

Junger Biber hat jetzt gemerkt, dass Freda hinter ihm herkommt.
»Geh nach Hause, Freches Dachsmädchen«, sagt er. »Hier haben Weiber nichts zu suchen!«
»Ph!«, schnauft Freda verächtlich. »Ich will zu Weiße Eule. Du hast mir gar nichts zu sagen!«
»Leise!«, zischt Junger Biber und Freda kneift die Lippen zusammen.
Da vorn ist eine Umzäunung, hinter der die Pferdeherde bewacht wird. Aber was ist das dort für ein Klumpen im Gras? Wie der Blitz saust sie mit Junger Biber durch das hohe Gras – und wirklich: Es ist Weiße Eule, geknebelt und

gefesselt. Rasch binden sie den Wächter los. Glücklicherweise ist er nicht ernsthaft verletzt.
»Sie waren zu dritt«, sagt er und reibt sich die Arme, wo die Lederriemen ihm das Blut abgeschnürt haben.
»Und wohin sind sie geritten?«, fragt Junger Biber.
Weiße Eule zeigt nach Osten. »Zurück ins Land der Panis. Aber die holt ihr nicht mehr ein, die haben unsere besten Pferde mitgenommen –

sechs Stück.« Er stöhnt. »Jeder hat ein Reittier und führt eins am Strick mit sich . . .«
Doch Freda hört schon gar nicht mehr zu. Sie ist zu den Pferden gerannt und hat sich ihren Schecken Blitz geholt, mit dem sie in den letzten Monaten so fleißig Reiterkunststücke geübt hat. Mit einem Satz springt sie auf den ungesattelten Pferderücken, krallt sich in der Mähne fest und ruft: »Ho!« Das ist ihr Geheimwort für Blitz, und schon rast er los, dass die kalte Nachtluft an ihr vorbeizischt. Sie beugt sich ganz tief über den Pferdehals und dirigiert ihr Pferd nach Osten. Schon nach zwanzig Minuten sieht sie am Horizont eine Reitergruppe.
Aha, die Panis! Die fühlen sich so sicher, dass sie jetzt nicht mehr galoppieren! Jetzt muss Freda aufpassen, dass die sie nicht hören. Sie lässt Blitz die Geschwindigkeit drosseln und reitet in einem weiten Bogen um die Pferderäuber herum hinter einen riesigen Ahornbaum. Dann zieht sie einen Pfeil aus ihrem Köcher, legt ihn an die Bogensehne und

schießt dem Anführer der Panis einen Pfeil in den Oberschenkel.
Vor Schmerz brüllend, lässt er sich aus dem Sattel gleiten, seine Begleiter sind verschreckt. Wer ist da vor ihnen? Sie reden aufgeregt miteinander, aber Freda hat schon den nächsten Pfeil abgeschickt und diesmal trifft sie einen der Männer im Oberarm. Ratlosigkeit und panische Angst ergreifen den letzten. Er schlägt seinem Pferd die Fersen in die Seiten und will davonpreschen.
Aber Freda ruft ein Kommando, das Pferd bleibt urplötzlich stehen, und der Reiter stürzt auf den Boden.

Freda reitet nun zu den beiden Verletzten, die fluchend ihre Wunden verbinden, schnappt sich die Leinen der Pferde und reitet mit ihnen zum Lager. Weiße Eule und Junger Biber staunen nicht schlecht, als Freda schon nach so kurzer Zeit mit allen gestohlenen Pferden im Schlepptau zurückkehrt.
»Hätte ich gar nicht gedacht, dass Freches Dachsmädchen so mutig ist«, sagt Junger Biber

voller Hochachtung und seine Stimme hört sich an wie die von Rasmus aus Fredas Klasse …

»Freda!«, ruft jemand sehr laut.

Freda schlägt die Augen auf.

Aber sie liegt nicht unter der Büffeldecke in einem Tipi, sondern zu Hause in ihrem Bett. Sie reckt und streckt sich genussvoll und grinst ein bisschen. Klar, dass sie wahnsinnig gut schießen könnte, wenn sie eine Indianerin wäre!

Beim Frühstück hält Freda Mama ihre Tasse hin.

»Ho!«, sagt sie.
»Was?«, fragt Mama verwirrt.
»Das ist mein Zauberwort und bedeutet: Los!«
»Hast du auch eins für ›bitte‹?«, fragt Mama und grinst. »Woher weißt du denn auf einmal solche Zauberwörter?«
»Das ist Indianersprache«, antwortet Freda wichtig. »Wir waren doch gestern mit Frau Engel im Überseemuseum, und da haben wir einen tollen Lakota-Indianer auf einem Pferd vor einem Tipi gesehen und lauter Waffen und Werkzeuge. Frau Engel hat uns ganz viel darüber erzählt, wie sie gelebt haben und so. Und heute Nacht hatte ich einen ganz tollen Traum und wohnte in einem Tipi . . .«
»Ach, ja?«, fragt Papa, der gerade reinkommt. »Tipi, hm? Und wie war dein werter Name, schöne Rothaut?«
»Freches Dachsmädchen«, antwortet Freda und alle lachen.

Ritterspiele

»Heute gehen wir zu einem Ritterturnier!«, verkündet der Vater beim Sonntagsfrühstück.
»Hä?« Freda reißt die Augen auf. »Heute gibt es doch gar keine Ritter mehr. Machen wir eine Zeitreise oder was?«
Mama lacht. »In gewisser Weise schon. An der Weser haben sie einen Turnierplatz errichtet, mit Tribüne und allem Drum und Dran. Dort findet das Turnier statt, mit Rittern von heute.«
»Toll.« Freda überlegt, was sie alles über Ritter weiß. »Haben sie da auch eine Burg und so?«
»Das glaube ich nicht«, sagt Papa. »Aber neben dem Turnierplatz soll es einen mittelalterlichen Markt geben, wo zum Beispiel ein Schmied und auch ein Töpfer ihre Werkstatt haben. Da kann

man sich ansehen, wie die Handwerker früher gearbeitet haben. In der Zeitung waren auch Fotos von den Buden, wo sie alles Mögliche verkaufen: selbst geschnitzte Holzlöffel und

frisch gebackenes Brot und Suppen.«
»Das ist ja praktisch.« Mama steht auf und fängt an den Tisch abzuräumen. »Da brauche ich ja heute nicht mehr zu kochen.«
Freda dauert es viel zu lange, bis sie endlich losgehen. Um zwei Uhr ist es dann so weit. Die Sonne strahlt, und viele Menschen drängeln sich zwischen den Buden am Weserufer. Die Verkäuferinnen und Verkäufer sind seltsam gekleidet, sie tragen lange Gewänder und Hauben und Kappen, und viele Kinder tollen zwischendrin umher, die ebenfalls

mittelalterliche Kleidung tragen. Freda ist ganz neidisch: Sie hätte auch gern so ein Samtkleid mit Puffärmelchen und lange Zöpfe, wie ein großes Mädchen, das an ihr vorbeigeht. Sie zieht einen Bollerwagen, in dem kleinere Kinder lachen und kreischen.
Ein Jongleur in einem Lederwams und merkwürdigen Pumphosen wirft brennende

Keulen in die Luft und fängt sie wieder auf. Dabei redet er mit den Leuten und macht Witze. Auf eine Holzwand ist ein Bild gemalt. Da sitzen Frauen mit Hauben in Badewannen, und wo ihre Köpfe sein müssten, sind Löcher. Freda und Mama stellen sich dahinter, schauen durch die Löcher und schneiden Grimassen. Papa fotografiert sie. Dann gibt es Würste, und Papa und Mama trinken Mel, das ist eine Art Honigwein.

Freda kriegt keinen Met, sie trinkt auch lieber Saft.
Hinter den Buden ist ein hoher Zaum abgesteckt. Den kann man nur passieren, wenn man Eintritt für das Ritterturnier bezahlt hat.
Das Turnier soll bald beginnen. Zuerst zeigen zwei Falkner ihre Kunst. Sie tragen ihre Falken auf dicken Lederhandschuhen und lassen die Vögel aufsteigen und wieder auf den Handschuhen landen. Freda kann die gefährlichen Klauen genau sehen und es überläuft sie kalt. Wenn so ein Falke diese

Krallen in sein Beutetier schlägt, hat es garantiert keine Chance mehr zu entkommen. Doch die beiden Falken hier jagen keine Tiere, sondern werden nach jedem Flugkunststück von ihren Besitzern mit Fleischstücken gefüttert.
Freda hat einen Platz in der ersten Reihe hinter der Absperrung ergattert und sieht staunend zu.
Nach den Falknern kommt ein Narr, der über den Platz rennt, Purzelbäume schlägt und Witze reißt. Freda muss laut lachen, weil der Narr so ein dreister, unverschämter Kerl ist.
Plötzlich bleibt er vor Freda stehen: »Holde Maid«, sagt er und verneigt sich. »Hättet ihr Lust, heute der Ehrengast zu sein?«
Freda ist total verdattert und schaut sich fragend nach ihren Eltern um. Die lachen und nicken. Da geht sie mit dem Narren zur Tribüne, auf der schon feine Damen und Herren in prächtigen Gewändern Platz genommen haben. Freda bekommt ein rotes Samtkleid übergezogen und einen Kranz aus Goldbändern auf den Kopf gelegt. Sie würde sich gern in einem Spiegel

anschauen, aber es ist leider keiner da. Bestimmt wird Papa Fotos von ihr machen! Freda darf neben einem Ritterfräulein Platz nehmen. Der Narr kündigt an, dass der Schwarze Ritter heute auf diesem Turnier um die Tochter des Königs kämpfen wird. Und dass der König dem Turniersieger die Hand seiner Tochter versprochen hat.
Eine tief verschleierte Frau steigt nun auch auf die Tribüne und nimmt auf dem Thron neben dem König Platz.

Sie nimmt den Schleier ab und alle sehen, wie schön die Königstochter ist. Kein Wunder, dass der Schwarze Ritter hinter ihr her ist!
Endlich beginnt das Turnier: Zehn Ritter reiten nebeneinander in einer langen Reihe auf die Wiese und werden von dem Narren vorgestellt. Jeder Ritter hat eine Lanze und ein Banner, und jeder hat seine eigenen Farben. Freda gefällt der Ritter mit dem grün-goldenen Banner am besten, denn der reitet einen wunderschönen Fuchs. Der Schwarze Ritter reitet natürlich ein schwarzes Pferd. Er hat einen Helm mit Visier auf. Man kann sein Gesicht nicht erkennen, aber

er ist bestimmt furchtbar hässlich und böse, denn der Narr bedauert wortreich die arme Königstochter für den Fall, dass der Schwarze Ritter siegen wird.
Nun ertönt ein Fanfarensignal und das Turnier beginnt. Die Ritter stechen mit ihren Lanzen durch Ringe, reiten durch Feuerreifen und treten dann gegeneinander an. Sie müssen sich gegenseitig mit der stumpfen Lanze aus dem Sattel werfen. Es ist kaum zu glauben, wie rasend schnell sie in gestrecktem Galopp über

den Platz donnern und wie sie seitlich am Pferd hängen können, um so einer Lanze auszuweichen.

Freda bekommt vor lauter Aufregung Herzklopfen, denn leider gewinnt bei jeder neuen Aufgabe der Schwarze Ritter. Zum Schluss tritt er gegen den grün-goldenen an – aber auch der hat keine Chance gegen den schwarzen Koloss.

Nun bekommt der Schwarze doch die Königstochter!

Voller Angst dreht Freda sich zum Thron um, aber der ist leer. Ob die Königstochter geflohen ist? Da verkündet der Narr, dass es noch einen Gegner für den Schwarzen Ritter gibt: Ein Goldener Ritter hätte sich gemeldet und wollte gegen ihn antreten. Und wirklich: Eine Gestalt in goldenem Helm und goldener Rüstung reitet auf den Platz.
Zum letzten Mal tritt der Schwarze Ritter gegen einen Gegner an. Mit donnernden Hufen preschen die beiden Pferde aufeinander zu, die Ritter haben ihre Lanzen angelegt und Freda kneift schnell die Augen zu, denn sie will nicht zusehen, wie dieser wunderschöne goldene Ritter auch noch besiegt wird.
Das Publikum macht: »Aaaahhhh!«, und das hört sich ziemlich begeistert an.
Freda reißt die Augen ganz schnell wieder auf. Da liegt der Schwarze Ritter auf der grünen Wiese und brüllt vor Wut, während Herolde den Goldenen Ritter als Sieger ausrufen.

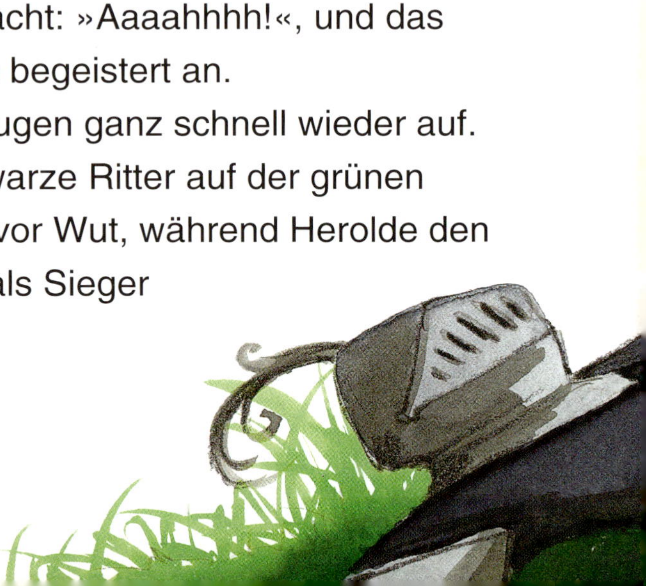

Fanfaren schmettern, und der König steigt von der Tribüne und will den Namen des Goldenen Ritters erfahren. Der nimmt den Helm ab – es ist die Königstochter! Sie hat sich selber ihre Freiheit erkämpft!
Das Publikum jubelt und applaudiert und Freda schreit genauso laut »Hurra!« wie die andern.

Dann reiten alle Ritter noch einmal in wildem Galopp rund um den Turnierplatz und die Leute klatschen wie verrückt!
Danach ist die Vorführung leider zu Ende und Freda tut es richtig Leid, dass sie nicht wirklich zur Zeit der Ritter gelebt hat und dass nun alles vorbei ist.
Der Narr bedankt sich bei ihr für das Mitmachen, und Freda bedankt sich bei ihm und dem König für den Tribünenplatz. Die schönen Kleider muss sie leider wieder abgeben – aber vielleicht kann sie ja Mama überreden, dass die ihr zum nächsten Karneval so ein Kostüm näht.

Langsam schlendert sie mit Mama und Papa über den mittelalterlichen Markt zurück bis zur Straße. Sie muss grinsen. Für eine kurze Zeit hat sie sich wirklich von dem spannenden Geschehen überwältigen lassen und geglaubt, die schöne Königstochter müsste wirklich den Schwarzen Ritter heiraten. Das Herz hat ihr bis zum Hals geklopft und sie hätte heulen können, als das Schwarze Monster den Grün-Goldenen besiegte. Dabei war ja alles bloß Theater.

»Junge, Junge«, sagt Papa, während sie auf die Straßenbahn warten, »da fühlte man sich ja richtig ein paar hundert Jahre zurückversetzt, was?«

»Das sagst ausgerechnet du.« Freda muss laut lachen. »Besonders mit deiner mittelalterlichen Kamera, was?«